그냥
혼자
사는
여자

그냥 혼자 사는 여자
초판 1쇄 인쇄_ 2018년 3월 20일 | **초판 1쇄 발행_** 2018년 3월 26일
지은이_박영옥 | **펴낸이**_오광수 외 1인 | **펴낸곳**_꿈과희망
디자인 · 편집_김창숙, 박희진 | **마케팅**_김진용
주소_서울시 용산구 백범로 90길 74, 대우이안 오피스텔 103동 1005호
전화_02)2681-2832 | **팩스**_02)943-0935 | **출판등록**_제2016-000036호
e-mail_ jinsungok@empal.com
ISBN_979-11-6186-027-5 03810
※ 책 값은 뒤표지에 있습니다.
※ 새론북스는 도시출판 꿈과희망의 계열사입니다.
ⓒPrinted in Korea. | ※ 잘못된 책은 바꾸어 드립니다.

오 로 지 나 를 위 한 시 간

그냥
혼자
사는
여자

박영옥 지음

꿈과희망

그네 의자에 앉았다.
혼자 앉은 무게만큼 의자가 흔들린다.

그네 의자에 둘이 앉았다.
의자는 둘의 무게만큼 흔들리지만
바람이 차갑지도 시간이 더디 가지도 않는다.

혼자라도 괜찮지만,
때론 옆자리에 누군가 앉아주기를 바라며…….

"아가씨, 오랜만에 왔네."
"아줌마, 오늘 쓰레기 버리는 날 아니에요."
"어머님, 어머님! 이것 좀 맛보고 가세요."

　사람들은 나를 아가씨라고 부르기도, 아줌마라고
부르기도 한다.
　사실 나는 아가씨도 아줌마도 아닌,
　그냥 혼자 사는 여자다.

2. 나에게 거는 주문

Chapter **2**

나이

1. 소중한 가족

2. 친구에 대하여

3. 나의 꼬리표

Chapter **3**
당신과

Chapter 4

더불어

1. 사람과

2. 함께

3. 같은 세상 다른 생각으로

Chapter **5**

그냥
혼자
사는
여자

에피소드

Chapter

|

나

홀로

1

혼자 살아가기

1인 가족의 비애(1)
그릇 주세요!

띵똥! 띵똥띵똥!

"짜장면 다 드셨죠? 그릇 주세요!"

띵똥띵똥띵똥!

"지, 지금 그릇 드릴 수가 없는데요."

"네? 무슨 말씀이세요?"

"나중에 다시 오시면 안 되나요?"

"지난번에도 제때 그릇 내놓지 않으셨던데, 이러시면 곤란합니다."

"죄송합니다. 그런데 지금 그릇은 못 드리는데요."

"아니 왜요?"

"아 저…… 그게…….'

"그릇 주세요!"

"제 제가 지금 화장실 안이라서……."

1인 가족의 비애(2)
누가 휴지 좀…….

시원하게 용변을 봤다.
'아! 이럴 수가…….'
휴지걸이에 휴지가 없다.
수납장에도 휴지가 없다.

수건, 속옷, 양말 등을 떠올려 봤다.
부질없다.
앉은 자세 그대로 한 발 한 발 엉거주춤 생활용품
창고로 갔다.
그리고 모든 일은 나만이 아는 일로 덮어두기로 했다.

1인 가족

든든한 남편, 자랑거리 자식은 없으나
남편 걱정, 자식 걱정 안 해도 되고,

각종 취미생활 싫증나면
반려동물 데려다 키우면 그만이고,

높아지는 이혼율에 기뻐하며
내 멋대로 해외여행 다니고,

하고 싶은 대로, 신경 쓸 일 별로 없이
나 하나만 잘 살면 된다고?

그런데 말이야,
사람 소리, 사람 냄새, 사람의 체온이…….
가끔은 사람이 그리워.

꿈

엄마 옆에만 붙어 다닐 적 꿈은 엄마가 되는 거였어.

공주 옷을 입은 인형과 놀 때는 공주가 꿈이었지.

학교에 들어가 선생님과 종일 지낼 때는 선생님이 되는 꿈을 꾸었고,

노래방 노래점수가 학교 성적보다 좋을 땐 가수가 되는 꿈을 꾸기도 했어.

알바를 시작하면서, 돈 쓰고 사는 부자가 되기를 꿈꿨고,

대학에서 꿈을 창대하게 가지라 해서 교수도 꿈꿨지.

하지만 말이야,

난 교수도, 부자도, 가수도, 선생님도 되지 못했어.

그렇다고 공주도 심지어 엄마도 되지 못했지.

꿈은 꾸는 거지, 이루는 건 아닌가 봐.

꿈을 이루려면

부양할 가족 없고
의료 도움 필요 없고
먹을 쌀 걱정 없고
반찬 욕심 없고
외로움이 괴롭지 않고
묵언과 욕먹는 것에 오래 견딜 수 있으면

그리고 노력의 1만 시간을 채울 수 있다면…….

'삶'이라는 공연

막이 오른다.
매일매일 어김없이 막은 오른다.

연기, 감독, 각본 모든 것은 혼자 해야 한다.
정해진 스텝도, 무대장치도 없다.
불빛이 비치는 작은 무대공간에 나는 홀로 선다.

깜깜한 객석의 반응은 알 수 없다.
나를 비웃고 있는 건지
나를 보고나 있는 건지
혹은 아무도 없는 텅 빈 객석인지…….

지치고 힘들어도 막은 매일 오른다.

슬퍼도 기뻐도 매일매일 무대에 서야 한다.

막이 내리고 홀로 남겨진 밤이 되면

　내일에 대한 두려움과 불안으로 벗어나고 싶을 때

도 있다.

1년 12달 365일의 100년,
36500번의 연기가 모두 끝나 커튼이 내려질 때,
그제야 관객의 반응을 알 수 있다.

박수와 환호로 앙코르를 요청해도
그땐 막이 오르지 않을 것이다.
하지만……
그러기에 나는 오늘도 무대 위에 선다.

복불복 인생사

엄마 뱃속에 고추를 놓고 나와
파랑이 아닌 분홍 옷을 입어야 했을 때도,

첫 운동회 달리기 시합 때, 앞서 달리던 아이가 넘어
지는 통에
그 앞으로 고꾸라져 이마가 깨졌을 때도,

반장 선거 날, 제일 친한 짝꿍이 감기로 결석하는 바
람에
한 표 차이로 부반장이 되던 순간에도,

어학연수 다녀오니 남자친구가 새로 사귄 여자 친구와 결혼통보 날리며

신부가 바로 나의 절친이라 했을 때도,

나는 억울하지 않았다.

아니 억울해도 별수 없다는 걸 알았다.

인생열차

"지금 도착하실 곳은 20대역! 20대역입니다!"
화려한 네온사인과 신나는 음악.
음악에 취해 술에 취해…….
그러다가 기차 시간을 놓쳐버렸다.

발을 동동 구르며 몇 해를 지냈다.
드디어 기차에 올랐다.

"다음 역은 30대역! 30대역입니다!"
높고 웅장한 회색 빌딩들.
멋진 정장을 차려입고 바쁘게 움직이는 사람들.

돈을 벌고 또 벌고…….
그러다가 기차 시간을 놓쳐버렸다.

벌어 놓은 돈을 써가며 몇 해를 지냈다.
드디어 다음 기차에 올랐다.

"다음 역은 40대역! 40대역입니다. 내리실 분만 내리세요."
나는 기차에서 내리지 못했다.

숫자들과 함께라면

"자자, 일어날 시간이야!"
숫자 6, 7이 차례로 나를 깨운다.
"그러다가 늦겠어, 빨리 움직여!"
숫자 8, 9가 소리친다.

숫자 10, 11은 언제나 말이 없다.
…….
"밥 먹을 시간이야! 밥!"
숫자 12에서 1이 되는 순간이다.

숫자 2는 자장가를 부른다.

숫자 3, 4, 5를 조용히 지나,
"자자, 이제 곧 퇴근할 시간이야, 힘을 내라고!"
숫자 6, 7이 나를 깨운다.
"집으로 가야지, 집!"
숫자 8, 9가 고래고래 소리친다.

그리고 언제나 집에서 기다리는 숫자들이 나를 반긴다.

뛰지 마

시간이 없다.
종일 뛰어다녔다.
그래도 늘 시간에 쫓긴다.

걷기 시작했다.
심장 박동이 느려진다.
시간이 천천히 간다…….

시간이 없는 건,
뛰어다녔기 때문일 거야.

인생의 약분법

나는 1이다.
하지만 나를 유지하기 위해선 늘 1보단 적어야 한다.

에너지 수치는 (담은 에너지) 분의 (쓸 에너지).
쓰는 에너지 수가 올라가, 과분수가 되면 난 과부하
상태가 된다.

에너지를 다시 담기 시작한다.
위, 아래 수가 커지면 약분해야 한다.

과분수가 되면 과부하 스트레스 상태가 되고,

너무 작은 분수꼴이 되면 나는 한없이 약해진다.

나는 1에 가까운 균형을, 하지만 1은 아닌 상태를

유지해야 한다.

에너지를 담고, 또 에너지를 쓰고

약분하고, 또 다시 담고, 쓰고…….

비움과 채움

비우라 한다.

채워진 상태에서는 새로운 것이 없다며.

비우면 모든 가능성을 다시 채울 수 있다고.

하지만 비움 또한 채움의 또 다른 시작이니 비움이

아닐지도.

어느 가을날

바람이 분다.
눈물이 흐른다.
땀이 식는다.
바람에 눈물에 땀이 식는다.

농익어 가는 가을,
젊음에 대한 아쉬움도 늙어감의 불안도 잠시 잊어
본다.

12장 달력

벽에 걸린 달력이 한 장 남았다.
다시 12장의 달력을 벽에 걸었다.
12장의 무게만큼 벽걸이가 무거워 보인다.
이제 겨우 가벼워졌다 싶었는데…….

잠든 세상

고된 하루가 지나면,
베개에 머리를 누이고 눈을 감아봐.
그리고 베개에게 하루 있었던 일을 얘기해 봐.
베개는 머리를 쓰다듬어 주며 잠든 세상으로 인도
해 줄 거야.

가끔은 깨어 있는 세상에 사는 것으로 착각할 때가
있을 거야.
깨어 있는 동안엔 잠든 세상을 잊을 수 있거든.

하지만, 또 잠든 세상으로 돌아가면 깨어 있는 세상을 잊게 되지.

실은 나도 어느 세상에 살고 있는지 잘 모르겠어.

2
나에게 거는 주문

계란으로 바위치기

"계란으로 바위를 친다고 바위가 깨지겠어?"

"바위가 부서지진 않겠지만……."
"바위에 계란 옷을 입히고야 말겠어!"

그래, 난 벼룩이다!

뛰어봤자 벼룩이라고?
벼룩이 얼마나 높이 멀리 뛸 수 있는지 알아?

벼룩의 간을 내놓으라고?
벼룩한테 물리면 얼마나 아픈지 보여줄까?

모든 것에는 다 때가 있는 법

"자꾸 일이 안 풀려……."
"여유를 가지고 운동을 해봐."

"몸은 좋아졌는데, 마음이 허전해……."
"곧 애인이 생기겠는 걸. 기다려 봐."

"사랑은 정말 어려운 것 같아……. 우리 헤어졌어."
"이제 일에 매진해 봐, 성공할 거야."

걸음마 배우기

한발 한발 딛고 서려면
몸이 휘청거리기도 발바닥이 아프기도
또 넘어지기도 해.

꾹꾹 누르고 찬찬히 딛고 서다보면
몸의 힘을 분산시키는 법도 익히고
발바닥의 아픔쯤은 견딜 만하게 되지.

살아간다는 건
그렇게 한발 한발 꾹꾹 누르고 참고 견디며
앞으로 걸어가는 거야.

갈지(之)자 산행길

갈지(之)자로 산을 오르면,

정상까지 오래 걸릴 수 있어.

방황하는 것처럼 보일 수도 있고…….

하지만 갈지(之)자로 산을 오르면 오히려 더 많은

것을 볼 수 있지.

배역 선정

주연 할래?

조연 할래?

엑스트라 할래?

아니면 남의 인생에 잠깐 끼어 나오는 카메오 출연을 할래?

너의 '삶'이라는 작품에 어떤 배역을 맡을지 잘 생각해 봐.

꼭 먹어봐야 알아

"똥인지 된장인지 꼭 먹어봐야 알겠어?"

"먹어보지 않고 그 맛을 안다고 할 수 있을까……?"

"일곱 색깔 크레파스로 세상을 그리면 그 그림이 어떨 것 같아?"

"……."

"일곱 색깔 크레파스로만 그림을 그리는 사람은 12색 세상을 몰라.

12색 크레파스로 그림을 그리는 사람은 24색 세상을 모르지."

"색을 많이 써본 사람이 멋진 그림을 그릴 수 있듯
똥도 된장도 먹어봐야 깊은 맛의 된장을 빚을 수 있
는 거야."

하루살이

인간은 누구나 죽어.

하지만 언제 죽을지 아무도 알 수가 없지.

그렇다고 오늘 죽진 않을까 겁을 내며 살진 않아.

모든 일도 마찬가지야.

할 수 있다는 생각만으로 하면 되는 거야.

해낼 수 있을까 라는 고민은 하지 않아도 돼.

하루가 또 주어지면

또 그만큼 멋지게 살면 되는 거야.

눈치 보지 마

나의 갈 길을 모르고 헤맬 때– 길치
나의 몸이 내 맘처럼 움직이지 않을 때– 몸치
나의 목소리가 내 맘처럼 나오지 않을 때– 음치

길치, 몸치, 음치일지라도 남의 눈치는 보지 마.

앞만 보고 달려

앞만 보고 달려.
뒤를 돌아보면 넘어질지 몰라.

발자국은 바람에 사라질 흔적에 불과해.
네가 달려온 길만 기억될 뿐이야.

어른 되기

살다 보면 뜻하지도, 계획하지도 않은 일들로 힘들
때가 있어.
절망은 앞으로 닥칠 위기를 극복하는 훈련일 뿐이야.

절망의 늪을 건너면서 어른이 되는 거야.
내 자신이 얼마나 작은 존재인가 깨닫는 과정이지.
어른이 된다는 건 세상에 대해 겸손해지는 거야.

자유로운 삶

그 무엇으로부터 속박 받지 않는 삶을 살려면
그 무엇으로부터 속박당하지 않을 만큼 강해져야 해.

진정한 자유란 치열한 노력에서 얻어지는 보상이야.
오늘의 너와 싸워 이겨야 하는 이유는,
내일의 자유로운 너를 만나기 위함이야.

힘차게 노를 저어라

배가 가라앉으려 하거든
짊어진 짐을 바닷속으로 던져버려.
그리고 다시 노를 저어봐.

파도에 밀려 돌아오거든
더 힘차게 노를 저어봐.
끊임없이 밀려오는 파도를 넘고 넘어 바다로 가면
되는 거야.

위대한 너에게

9명이 너를 보고 다르다고 한다.

99명이 너를 보고 유별나다고 한다.

999명이 너를 보고 특이하다고 한다.

9999명이 너를 보고 특별하다고 한다.

99999명은 너를 보고 위대하다고 할 것이다.

주문을 외워봐

보통 상식에서 벗어난 놀라운 일이 벌어졌을 때
우리는 그것을 '기적'이라 부르지.
그리고 그 기적을 행한 사람을 '위대한 사람'이라
하고.

그런데 말이야,
그 위대한 사람도 사람이잖아.
사람이 못 할 일을 해낸 것이 아니란 거지.

그것을 하는 사람과 안 하는 사람의 차이일 뿐이야.

못한다는 건 그것을 포기할 때만 존재해.

세상에서 스스로 못하는 건 없어.

안된다고 포기하는 거뿐이지.

자! 운세 탓, 팔자 탓 그만하고 주문을 외워봐.

나는 위대한 사람이다! 라고…….

삶의 자세 : 명언 모음

질풍지경초
疾 風 知 勁 草 (후한서—왕패전)

모진 바람이 불 때라야 강한 풀을 알 수 있다.

세한연후 지송백지후조
歲 寒 然 後 知 松 柏 之 後 凋 (공자)

날씨가 추워진 후라야 소나무와 잣나무가 다른 나
무보다 뒤늦게 시든다는 것을 안다.

천수종종 심수무성 정수유심
淺水淙淙 深水無聲 靜水流深 (석가모니–아함경)

얕은 물은 시끄럽게 소리를 내며 흐르고, 깊은 물은
소리를 내지 않는다.

아플 때 우는 것은 삼류, 아플 때 참는 것은 이류, 아
픔을 즐기는 것이 일류인생이다. (셰익스피어)

Chapter

2

나
의

1

소중한 가족

저 왔어요!

"아버지, 아버지, 도와주세요."
십자가를 짊어지신 아버지께 기도하고,

"어머니, 어머니, 제 탓입니다."
성모마리아께 죄를 고하기도 하고,

"나무아미타불 관세음보살……."
부처와 보살님께 극락왕생을 빌기도 한다.

아버지는 늘 믿음으로 이끌어주시고, 어머니는 따뜻하게 감싸주시고
고된 인생사 숱한 번뇌에서 벗어나고자 불당을 찾는다.

영원한 내 편, 평온과 안식이 필요할 때,
십자가도 염주도 묵주도 잠시 내려놓고
달려가 이렇게 얘기해 봐.
"아빠, 엄마, 저 왔어요!"

아빠 그림자

"그림자 밟은 사람이 이기는 거다!"

내 그림자의 곱으로 큰 아빠 그림자가 말했다.

"아빠가 크니까 불리할 걸."

하지만 괴물같이 커다란 그림자는 빠르기까지 했다.

한참을 뜀박질하다 지친 나를 아빠가 번쩍 안아주었다.

그림자는 하나가 되었다.

아빠 그림자를 다시 만났다.

"그림자 밟으면 이기는 거다."

내 그림자보다 작아진 아빠 그림자는 소리 없이 웃기만 했다.

아빠의 굽은 등을 안았다.

그림자는 하나가 되었다.

엄마와 나

우리는 서로 만나기 위해 힘든 고통을 견뎌내야만
했었다.
　길을 여느라 온몸으로 고통을 감내해야 했던 엄마,
　좁디좁은 통로를 삐져나오느라 애쓰던 나,
　처음 만난 순간, 우리는 부둥켜안고 엉엉 울었다.

　젖몸이 불어 아파하다가도 웃는 엄마,
　배고파 울다가도 따뜻한 젖을 빨며 웃는 나,
　우리는 그렇게 달콤한 순간을 함께했다.

낙엽이 구르면 깨알같이 웃음이 터졌다가도,

다시 낙엽의 신세가 불쌍해 눈물을 쏟았던 사춘기 시절,

갱년기를 맞이한 엄마는 낙엽이 여자의 인생과 같다며

세상 심각한 표정으로 함께 해주었다.

내가 낙엽의 나이가 되자,

엄마가 나를 보며 웃는다.

"괜찮아……. 그런 게 인생이란다."

미역국

몇 달 만에 집으로 향하는 발걸음이 빨라진다.

한 걸음씩 가까워질수록 익숙한 엄마 냄새가 느껴진다.

갓난아이가 엄마의 젖가슴으로 파고들듯 현관문을 활짝 열어젖혔다.

"왔니."

엄마의 눈과 마주치는 순간, 온몸의 긴장이 스르르 녹아내린다.

"뭘 번거롭게 이런 걸 했어, 엄마도 참……."

사골을 한참 고아 우려낸 진한 국물로 끓인 미역국을
보자,
입안에 침이 지르르 흐른다.

흔들리는 요람

미역국 한 대접을 말끔히 비우고 나서야
말없이 분주한 엄마의 굽어진 등이 보인다.

산고의 고통이 채 가시기도 전,
스물일곱 젊은 엄마는 유난히 울고 보채는 막내를
둘러업고 집안일을 해야만 했었다. 쉴 새 없이 일하느
라 들썩였을 엄마의 등은 아이에겐 편안히 안겨 잠을
자던 '흔들리는 요람'이었다.

그리고 아이가 안겨 있던 그 형태 그대로 구부정하게 굳어버린 요람은 아직도 아이를 재우기라도 하는 듯 쉼 없이 움직인다.

엄마표 깍두기

늙고 못난 손이 몸통 굵은 무를 잡고 있다.

무가 썩둑썩둑 썰릴 때마다 앙상한 뼈와 주름진 가죽만 남은 손등에 새파란 힘줄이 터질 듯이 튀어나온다.

"엄마 내가 할까?"

"시집가면 다 할 텐데⋯⋯."

엄마가 말끝을 흘리며 숭덩 썬 무 한 덩이를 내 입에 넣어주었다.

아삭대며 씹히는 무에서 특유의 톡 쏘는 알싸한 매운맛이 느껴진다.

'엄마표 깍두기'에는 양념 재료가 많이 들어가지 않는다.

고춧가루, 마늘, 생강, 새우젓 조금이 전부다.

하지만 각진 무에 양념이 잘 배게 하려면 양념들을 잘게 다져야 한다.

엄마 손이 무딘 칼로 마늘을 능숙하게 다진다.

"뭐, 능력만 있으면 여자 혼자 사는 것도 괜찮아, 요샌 그게 흠도 아니야."

곱게 다져지는 마늘 위로 소리 없는 엄마의 눈물이
떨어진다.

눈물 맺힌 엄마 눈이 빨갛게 충혈 되고,

고춧가루와 양념에 버무려지는 하얀 무에도 빨간
물이 든다.

엎치락뒤치락, 새빨간 무 사이로 매운 양념에 '엄마
손'이 절여진다.

엄마손

젖먹이의 머리를 받쳐주었던 '베개 손',

수천 번 기저귀를 빨아주었던 '막손',

아이의 아픈 배를 문질러 주었던 '약손',

걸음마를 시작한 아이의 손을 잡아주었던 '기둥 손',

그리고 아이가 처음 대문을 나설 때 평생 든든한 방패막이가 되어주겠다 약속했던 '보호자 손'이 되어야 했을 엄마 손은 주름지고 울퉁불퉁 못난 손이 되어버렸다.

옥가락지

내 손에 묵직한 김치 통이 들려질 때 엄마가 내 손을 잡았다.

그리고…… 나의 손가락에 엄마의 비취 옥가락지가 끼워졌다.

"이건 엄마 반지잖아, 엄마가 좀 더 끼고 있다가 나중에 줘."

하지만 엄마의 손가락엔 들어가지지 않는다.

대신 엄마의 손가락엔 마디마디 '엄마'라는 이름의 굵은 가락지들이 끼워져 있었다.

억새꽃

아빠는 종종 엄마와 나를 차에 태우고 서울 외곽으
로 드라이브를 즐겼다.

"여보, 여보! 저기 좀 봐요. 갈대가 참 멋있네요."

"아니, 당신은 아직도 갈대와 억새를 구분 못 하네.
잠깐만 있어 봐."

아빠는 길가에 차를 세우고, 억새꽃을 한 움큼 꺾어
왔다.

"아빠, 피, 피!"

아빠 손가락엔 피가 묻어 있었다.

"당신 다쳤어요?"

아빠는 손사래를 치며 억새 꽃다발이 흐트러질세라

얼른 엄마 손에 조심스레 쥐여 주었다.

아빠의 억새 꽃다발에는 잎이 하나도 없었다.

억새 잎에 엄마 손이라도 베일세라 아빠가 잎을 모
두 잘라낸 것이다.

억새 꽃다발은 상앗빛 커다란 장식 항아리에 꽂아
졌다.

엄마는 총채같이 생긴 억새꽃이 멋있다고 했다.

시간이 흐를수록 먼지가 내려앉아 보르르한 솜털이
누렇게 될 때까지

억새꽃은 한참이나 장식 항아리에 꽂혀 있었다.

연꽃 접시

매일 아침 식탁 접시 위엔 붉고 흰 연꽃이 띄워진다.

아빠는 아침마다 뒤뜰에 나가 엄마를 위해 가장 예쁜 꽃잎들을 따온다.

뒤뜰에는 개화 시기가 각기 다른 수십 종의 꽃들이 심어져 있고,

사계절의 정취를 고루 담기 위한 아빠의 손길은 쉴 틈이 없다.

그리고 뒤뜰 한편에 작은 코스모스길이 촘촘히 수놓아져 있다.

엄마가 유난히 좋아하는 코스모스 꽃잎들은 연꽃 접시의 단골 메뉴이다.

아빠는 엄마의 코스모스를 항상 잊지 않는다.

코스모스와 억새꽃

코스모스 곁엔 늘 억새꽃이 있다.

거친 바람이 이리저리 흔들어도 억새꽃은 절대 꺾이거나 부러지지 않는다.

숱한 고비를 견뎌냈을 억새꽃은 절대 눕는 법이 없다.

코스모스에게 세상에서 가장 아늑한 자리를 마련해주기 위해

억새꽃은 보드랍고 하얀 목화솜을 피운다.

아버지의 어머니

"범수냐?"

긴 몇 초가 흘렀다.

방문에서 곱게 빗은 새하얀 단발머리가 배죽 내비치다 들어가는가 싶더니,

한쪽 팔을 불쑥 앞으로 내짚어 끌다시피 당긴 몸은 방석 위에 앉은 채로다.

나의 아버지의 어머니이다.

움찔움찔 할머니가 다가오려 하자, 아버지가 냉큼 달려가 할머니 곁에 앉았다.

"예, 어머니. 저 왔어요, 범수예요."

노모의 두 손을 부여잡은 백발이 성성한 아버지는
고된 삶의 지게를 잠시 내려놓는다.
그리고 한참 동안 조용한 시간이 흐른다…….

뿌리 깊은 고목

늙고 주름 깊은 껍질 속에 백다섯 줄 나이테를 머금고 있는 할머니.

할머니는 꼬박 한 세기가 넘는 모진 세월,

온몸 깊은 곳곳에 박혔을 옹이마저 온연히 품고 있다.

입 밖으로 쉽사리 꺼내지 못하는 가슴에 묻은 어린 딸 다섯,

열여덟 꽃망울을 터뜨려준 새신랑 모습도 그대로 가슴 속 깊은 그곳에 품고 있다.

제1차 세계대전이 발발하기 불과 며칠 전,

　이 땅에 뿌리내린 연약한 생명 줄기는 일제 탄압 속
에서 꽃봉오리를 피웠고,

　전쟁터의 빗발치는 총탄을 막아내며 가지를 뻗어
열매를 맺었다.

　그렇게 굵은 가지에서 또 어린 가지가 나고 자라,

　뿌리 깊은 고목은 무성하게 뻗어갔다.

솜틀집으로 가는 길

이른 찬바람이 눈이 따끔거릴 정도로 세차게 불던 어느 해 늦가을이었다.

그저 기성품으로 손쉽게 하나 장만하면 그만인 것을, 종손이 덮을 겨울 솜이불은 손수 지어야 한다며 할머니는 장터 솜틀집으로 향했다.

묵은 솜 꾸러미를 머리에 이고 굽은 등 받쳐가며 걸어가는 그 길이 두 다리로 걸어가는 마지막 길이 될 줄은 상상도 못한 채로…….

새로 튼 보송보송한 목화솜 뭉치가 할머니 머리 위에서 자꾸만 흘러내려 시야를 가렸다.

　길가 모퉁이를 돌아 큰 대로변에 다다를 무렵,

　급히 후진하는 커다란 짐 트럭이 앞을 확인하지 못하는 할머니를 그대로 덮쳤다.

　청천벽력과도 같은 소식에 가족들은 맥없이 주저앉았다. 주저앉아 넋을 잃었다.

　아버지는 다리에 힘이 풀려 휘청거리며 고개를 숙이곤 깊은 한숨만 내쉬었다.

생사를 가르는 장시간의 수술 끝에 할머니는 다행히 목숨을 건졌다.

하지만… 할머니의 한쪽 다리는 절단되고 말았다.

"나는 괜찮다. 세상 구경 원 없이 했으니 이젠 집에서 편히 쉬라는 뜻인가 보다."

할머니는 송두리째 잘려나간 다리의 아픔보다 오로지 자식들 걱정뿐이었다.

방석

    아버진 몇 날 며칠 을지로 일대의 의수족 상가를 샅샅이 뒤져 최고급 다리를 찾아다녔다.

    "그전 내 다리보다 훨씬 튼튼하니 좋구나."

    환히 웃는 할머니의 절단된 다리는 시뻘겋게 부어올라 있었다.
    의족 연결부에 끼워 넣은 연하디 연한 생살에 단단한 굳은살이 박일 때까지 그 고통을 고스란히 생으로 견뎌내는 수밖엔 달리 방법이 없었다.

아버지는 더는 최고급 다리를 찾아다니지 않았다.
그리고 할머니는 방석 위에 앉았다.

봄나들이

할머니를 아버지가 훌쩍 등에 업었다.

"아이고야, 무겁다. 넘어지믄 우짤라고……."

아버지는 집 앞 긴 계단을 내려가 할머니를 내려놓기가 무섭게 다시 계단을 올라와 휠체어를 짊어지고 또다시 긴 계단을 내려갔다.

할머니는 휠체어를 타고 아버지와 함께 봄나들이를 즐겼다.

아카시아 향이 짙게 나부끼는 봄날에 진달래 꽃잎 매만지는 할머니 귀에 꽃잎 하나 걸어드리고, 노랑 민들레 꽃 한아름 할머니 손에 들려 집으로 돌아오곤 했다.

그런데 해가 거듭될수록 긴 계단을 오르내리는 아 버지의 발걸음이 무거워져 갔다.

아버지는 거친 숨을 몰아쉬며 한 계단 한 계단 오르 다가 계단 중간 중간에 멈춰 숨을 고르는 횟수가 잦아 졌다.

"아이고 아서라, 귀찮다. 난 이제 밖에 안 나가련다.
집에 있는 게 편하다."

　할머니는 그 후로 바깥출입을 하지 않았다.
　아버지는 할머니 곁에 앉아 말이 없다.
　할머니는 아들이 내민 손을 어루만지며 세상살이의
고단함을 씻어준다.

2

친
구
에

대
하
여

4명의 친구들

거의 사용하지 않는 카톡에 대화창이 떴다.

오랜 친구가 재혼한단다.

나에겐 4명의 친구가 있다.

애가 둘인 아줌마, 애가 없는 아줌마, 돌싱녀, 곧 재혼하는 돌싱녀.

우린 가끔 만나 열심히 수다를 떤다.

돌아가며 각자 다른 얘기를 하고,

"어머, 어머, 진짜? 웬일이니."

서로 같은 얘기를 해준다. 내용은 별 상관없다.

오늘은 청첩장을 돌리는 친구가 먼저 입을 뗐다.

애가 둘 딸린 52살, 재력가에게 시집간단다.

한편 부럽기도 하지만 재혼식 참석은 왠지 외면하고 싶다.

이번엔 얼마 동안 같이 살 수 있을지…….

수척해진 친구가 부인과 진료 일정을 읊는다.

맞벌이하느라 임신을 뒤로 미루다가 이젠 노력해도 애가 안 생긴단다.

기간제 교사로 다니던 학교에선 재계약에서 밀려나고…….

우울증 치료까지 받고 있다는 그녀.

그래도 그녀 옆엔 공무원 남편이 있다.

남은 음식을 마저 처리하던 친구가 상사 욕을 해
댄다.

출판사에 뼈를 묻겠다는 그녀는 20년 시집살이에
지쳐 얼마 전 이혼한 돌싱녀이다.

연이은 야근과 스트레스를 폭식으로 달래는 그녀의
몸무게는 78kg.

그래도 결혼이란 걸 한번은 해본 그녀, 안쓰럽진
않다.

회비계산을 끝내고, 한 사람당 12,500원씩 내란다.

잔돈이 없다는 건 용납 안 된다.

단골을 내세워 카페 주인의 동전까지 동원하여 거
스름돈을 맞추고야 만다.

항상 회계를 자청하고 나서는 친구에겐 자식이 둘
있다.

중2병으로 속 썩이는 큰애와 막둥이 8살,

그리고 무릎 안 좋은 홀시어머니까지.

큰애 학원으로 달려가는 그녀는 하루도 쉴 틈이 없
단다.

그래도 십 년 후, 그녀 곁엔 장성한 아들이 둘씩이나
있을 것이다.

친구 : 명언 모음

나의 친구는 세 종류가 있다.

나를 사랑하는 사람, 나를 미워하는 사람, 그리고 나에게 무관심한 사람이다.

나를 사랑하는 사람은 나에게 유순함을 가르치고,

나를 미워하는 사람은 나에게 조심성을 가르쳐준다.

그리고 나에게 무관심한 사람은 나에게 자립심을 가르쳐준다. (J. E. 딩거)

물이 지나치게 맑으면 사는 고기가 없고,

사람이 지나치게 비판적이면 사귀는 벗이 없다. (맹자)

많은 벗을 가진 사람은 한 사람의 진실한 벗을 가질
수 없다. (아리스토텔레스)

　속으로 생각해도 입 밖으로 내지 말며, 서로 사귐에
는 친해도 분수를 넘지 말라
　그러나 일단 마음에 든 친구는 쇠사슬로 묶어서라
도 놓치지 말라 (셰익스피어)

　고난과 불행이 찾아올 때에, 비로소 친구가 친구임
을 안다. (이태백)

　불행은 누가 진정한 친구가 아닌지를 보여준다.
　(아리스토텔레스)

3

나
의

꼬
리
표

꼬리표

핸드폰이 울렸다. 그냥 벨 소리…….
친구들이 모두 나를 응시한다.

'내 거다!'

가방 깊숙이 박힌 핸드폰은 쉽사리 나오지 않는다.
"애, 벨 소리 좀 바꿔라, 요새 좋은 노래 많잖아."
남자다! 그것도 선보기로 한 남자.

사실 아무개의 엄마로 불리는 것이 자연스러운,
아니면 결혼이란 걸 한 번쯤은 해봤을 법도 한,

그냥 혼자 사는 여자 ● 107

그래서 차라리 '돌싱녀'가 훨씬 잘 어울릴 나이.
하지만 나의 꼬리표는 여전히 'No처녀'다.

짝짓기

이름도 모르는 먼 친척분이 중매서는 선 자리.
다행히 우리끼리 날을 잡았다.

그동안 짝짓기 자금만 모았어도 빌딩을 샀을 텐
데…….
아무리 결혼 적령기가 따로 없는 시대라지만,
선 시장에서 '만혼녀'에 끼지도 못하는 마흔 중반.
닭으로 치면 '폐계', 밥만 축내며 알을 낳는 것이 더
딘 닭.
하지만 참으로 아이러니한 것은 이 '폐계'의 짝짓기
주선 값이 제일 비싸다는 점이다.

"애, 세상에 완벽한 사람 없다. 그냥 맞춰 사는 거야. 제발 눈을 낮춰!"

엄마는 매일 주기도문 외우듯 말씀하시지만,
사실 내 눈은 이미 턱밑이다.

최고로 비싼 원피스를 입고, 새로 수선한 말끔한 구두를 신고,
그래도 가슴이 설렌다.
'역시 시집 못간 이유가 있어.'
'성격이 이러네, 저러네.'
소리를 듣지 않으려면 무조건 최선을 다해야 한다.
예민한 아가씨도, 후덕한 아줌마도 아닌 쿠울한
'No처녀'의 자세로 말이다.

저녁 9시, 그저 평범한 반대머리 아저씨가 꾸벅 내
게 인사를 한다.

너무 바빠 늦은 시간으로 잡은 것이 미안하다며,
삼겹살에 소주를 쏘겠단다.

내 나이 10대, 그냥 남자면 가슴이 뛰었다.

20대에는 근사한 분위기와 잘생긴 외모에,

30대에는 나를 챙겨주는 자상함에 끌렸다.

그러나 40대가 된 지금은…….

살짝 취기를 보이는 남자는 은근히 말끝을 흘리기
시작한다.

"아니 왜, 멀쩡하신데 아직 시집을 못 가셨데요?"

늘 듣는 칭찬 아닌 칭찬 같은 소리다.

대부분의 혼자인 사람이 그러하듯, 나도 혼자가 되고 싶어 혼자가 된 것은 결코 아니다.

한때 사랑을 했고, 결혼을 꿈꿨고…… 그리고 이별을 했을 뿐이다.

살아온 인생 보따리를 끝도 없이 늘어놓는 남자에게 아가씨처럼 호호 웃어주고, 아줌마처럼 넉살 떨며 추임새를 쳐준 지 몇 시간째……

소르르 눈이 감긴다.

어디선가 고린내가 솔솔 풍겼다.

'아, 테이블 아래다.'

남자의 구두 뒤꿈치가 벗겨져 있다.

나는 피곤함을 내비치며 서둘러 헤어져 집으로 돌아왔다.

No처녀

나는 예민하고 까칠한 아가씨도, 마음씨 좋고 후덕한 아줌마도 아니다.

반려동물을 기르진 않지만, 밥을 주는 길고양이가 있고,

매일같이 물을 줘야 하는 화초를 키우며,

같이 사는 보호자는 없어도, 아프면 달려갈 동네 약국 약사님을 알고 있고,

요가와 한강 산책을 즐겨하는,

나는 그냥 혼자 사는 'No처녀'이다.

Chapter

3

당
신
과

1

안
녕

싱글녀

　진정 뜨거운 눈물을 흘려본 자만이 진정 웃을 수 있다 했던가,

　비오고 난 후, 흙이 단단해진다고 했던가.

　하지만 결혼의 실패는 성공의 어머니가 되기 어렵다.

　여잔데, 여자가, 여자라서…….

　그리고 여자는,

여자처럼 웃고, 남자처럼 나서고,
여자처럼 수다를 떨고, 남자처럼 술을 마시고,
여자처럼 살림을 하고, 남자처럼 일을 한다.

동냥

돈 많은 남자 만나 여유롭게 살 것인가
많이 배운 남자 만나 품위 있게 살 것인가
저울질 하다 세월지난 노처녀는,

7살 어린 남자의 연하질에 질리고
7살 많은 남자의 꼰대질에 지쳐 동냥질에 나서기로
했다.

그냥 혼자 사는 남자 어디 없나요?

만남

"저기 아줌마! 지갑 떨어졌어요."

"저 아줌마 아니거든요!"

"노처녀 히스테리 있으신가 보네."

"노망나셨나 봐요, 아저씨!"

아저씨 아닌 노총각은 그날도 엄마에게 잔소리를
들었다.

"애, 예쁜 여자 찾지 마라, 예쁘면 인물값 한다."

"우리 제사는 지내줘야 할 거 아니니!"

"죄송합니다……."

노총각은 친구에게 어렵사리 소개팅을 부탁했다.

그리고 노망난 아저씨와 히스테리 아줌마는 다시 만나게 되었다.

소개팅 (1)

옷과 가방, 구두를 사고,
미장원에서 반나절 머리를 하고,
아끼는 향수를 뿌리고…….

그런데, 약속이 있다며 일찍 헤어지잖다.
진한 장미향은 술 냄새로, 공들인 머리는 흐트러지
고 말았다.

지갑에 돈을 두둑이 넣고, 차에 기름을 빵빵 채우고,
뱃살에 자신감을 훅훅 불어넣고…….

그런데, 예쁘지 않았다.

지갑의 돈은 커피 값만 계산하고, 세차한 차는 집에 모셔놓고,

허기진 배는 술로 채웠다.

소개팅 (2)

과음으로 떡실신 된 다음날, 친구가 나오란다.
추리닝의 민낯으로 꼬치집으로 갔다.
해장술 한잔으로 핑크빛 볼터치를 하고,
힘 풀린 어깨 위로 떨어지는 머리를 질끈 묶을 때,

누군가 말을 시켰다.
"우리 합석 할래요?"

"어제 장미향 진한 여자를 만났는데요."
"저는 장미 알러지가 있어서……."

커피 한잔의 추억

"옆에 앉아도 되죠."
술 마시고 노래하고, 집으로 가는 길,
20대 그는 나를 덥석 업었다.

"우리 펜션 놀러가자."
비닐도 벗기지 않은, 새로 뽑은 차 안에선 음식반입
금지였다.
30대 그가 예약한 펜션 방에는 꽃과 와인이 있었다.

"저기…… 시간이 늦었는데, 집까지 좀 데려다 줄래요?"

"커피 한잔이라도 하고 가실래요?"

40대 그는 정말 커피만 마시고 일어났다.

2

사
랑

그
리
고

이
별

가위질 사랑

우리는 본래 하나였을 거야.
본래 하나였으나…… 둘로 태어난 '연리지'나 '비익조' 같은.

둘이 하나 되어
엉킨 줄을 자르기도, 예쁜 꽃모양을 만들기도 했을 거야.
잘못하여 살을 베어 상처를 주기도 했겠지.

그리고 또다시 하나에서 하나가 되었을 거야.
온연히 하나가 될 수 없는

우리 사랑은 하지만 영원할 거야.

연리지(連理枝) : 뿌리가 다른 나뭇가지가 서로 엉켜 마치 한 나무처럼
　　　　　　　　자라는 현상
비익조(比翼鳥) : 날개가 한쪽뿐이어서 암컷과 수컷의 날개가 결합되
　　　　　　　　어야만 날 수 있는 새

내가 널 만났던 이유

내가 널 만나는 이유는
너이기 때문이야.

유통기한이 다 되어간다…….
"넌 왜 그렇게 사용기한이 짧은 거니."
내가 널 만나는 이유가 사라진다.

냉동실에 깡깡 얼리면 좀 더 사용할 수 있을까…….
하지만 깡깡 얼어버린 너를 해동시킬 자신이 없어.

내가 널 만났던 이유는
네가 날 사랑한다고 느꼈기 때문이야.

동굴 현상

처음 초를 태울 때 표면이 다 녹지 않은 상태에서 꺼버리면,

초는 처음 탔던 부분까지만 기억하게 된다.

초를 다시 태울 때 심지 주변만 동그랗게 타들어가는 '동굴 현상' 이유이다.

켰다, 껐다, 불장난질에 다친 마음은 동굴 속으로 들어가기 마련이다.

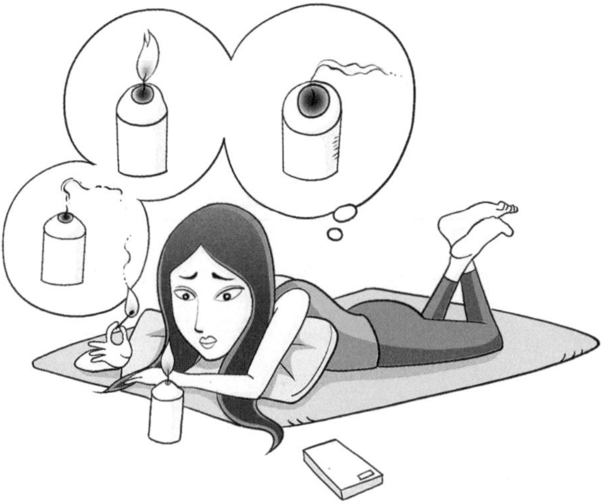

남과 여

"남자는 다 그래."

"뭐가?"

"남자는 늘 종족번식이 지배하지."

"여자는 다 그래."

"뭐가?"

"여자는 자아가 둘이야. 지킬박사와 매달 한 번씩 나타나는 하이드가 있지."

"그래서?"

"하이드가 나타날 때, 남자는 조심해야 해."

"하이드를 이해하고 감싸줘야 하지."

"그러면?"
"지킬박사가 하이드와 남자를 결혼시키지."

"그런 다음엔?"
"그렇게 가족이 탄생되는 거야."

'헤어지자'는 말보다
더 무서운 말

"보고 싶어……."
사랑한다는 뜻이다.
"나두……."
나도 사랑한다는 뜻이다.

"우리 결혼하자!"

그런데…….
결혼하면, 늘 함께 있기에 보고 싶어 하지 않는다.
보고 싶어 하지 않는다는 건
사랑하지 않는다는 뜻?

결혼이란

"밥은 배달음식, 청소는 청소기가, 빨래는 세탁기가,
남자랑은 손만 잡고 자면 되는 거 아니야?"

"요리와 설거지는 하루 세 번, 청소는 털고 돌리고
닦고,
세탁은 분리하고 꺼내고 널고, 남자랑은……."

남자애 하나, 꼬마애 둘을 깨우고 챙기고 보내고,
그리고 그렇게 하루가 또 시작이야.

결혼 조건

남자의 이상형

20대 : 예쁜 여자

30대 : 예쁜 여자

40대 : 예쁜 여자

여자의 이상형

20대 : 잘생기고, 능력 좋은 남자

30대 : 능력 좋은 남자

40대 : 남자

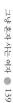

40대 예쁜 여자는 아무리 예뻐도, 어리고 예쁜 여자
에게 밀린다.

사랑만 하자

어린 그녀 짜증내면 귀엽고,
노처녀 인상 구기면 시집 못 가 저런다.

어린 그녀 이거 싫어, 저거 싫어 하면 개성 있고,
노처녀가 이것저것 가리면 까다롭다.

어린 그녀가 빽 사 달라 하면 지갑까지 세트로,
노처녀가 빽 사 달라 하면 미쳤다.

만난 지 세 달 된 어린 그녀에게 '결혼부터하고 사
랑하자',
삼 년째 만나는 노처녀에겐 '우리 사랑만 하자.'

우리 결혼은 언제 해?

"직장 생활 안정되면······."
"집 마련되면······."
"너희 부모님이 반대할 거야."

경기는 늘 안 좋았고, 부모님께는 인사드리지 못하
고 우리는 헤어졌다.
그리고 그한테 가끔 연락이 온다.

"보고 싶었어······. 우리 술 한 잔 할래?"
그렇게 이해하면서 기다린 나에게 그가 말한다.
"내가 너 사랑하는 거 알지?"

'헤어짐'이라는 장례식

같은 해가 떴지만 세상이 공허하다.
처진 어깨만큼 다리에 힘이 없다.

아무리 밥을 먹어도 배가 고프고,
오랫동안 잠을 자도 자꾸만 눈이 감긴다.

빗질도 화장도 싫고,
남들과 눈을 마주치기 싫다.

TV 볼륨을 높여도 소리가 들리지 않는다.
가는귀가 먹었다.

'헤어졌다' 쓰고, '죽었다' 생각한다.

　'잘 된 거야' 말하고, 아프고 화난 가슴 끌어안고 눈물이 난다.

빠진 이

앓던 이가 빠졌다.
아프다.
시원하다.
허전하다.

'두껍아 두껍아, 헌집 줄게 새집 다오'
'까치야 까치야, 헌이 줄게 새이 다오'

하지만 빠진 이는 영구치였다······.

지독한 염증

사랑이 끝났다.
마음이 아프다.
몸이 아프다.
염증이 곪아 약을 먹었다.

마음의 병 탓에 몸의 회복이 더디다.
몸이 마음이 아프다.

다신 사랑 따윈 하지 않을 거야
다짐해 보지만……

또다시 마음이 몸이 아플 것이고,
염증이 곪아 약을 먹어야 하겠지.

3

남
자
와

여
자

편한 여자

"얘기를 잘 들어주는 편한 여자가 좋아."
"편하게 술도 같이 마셔주면 더 좋지."
"차 한 잔 하러 집안으로 들여보내주면 아주 좋고."

남자는 편한 여자를 좋아한다.
하지만 내 여자가 쉬운 여자가 아니기를 바란다.
그래서 남자는 편한 여자와 사귀고, 쉽지 않은 여자
와 결혼한다.

남자는 결혼한 여자가 쉽지 않아,
다시 편한 여자를 찾곤 한다.

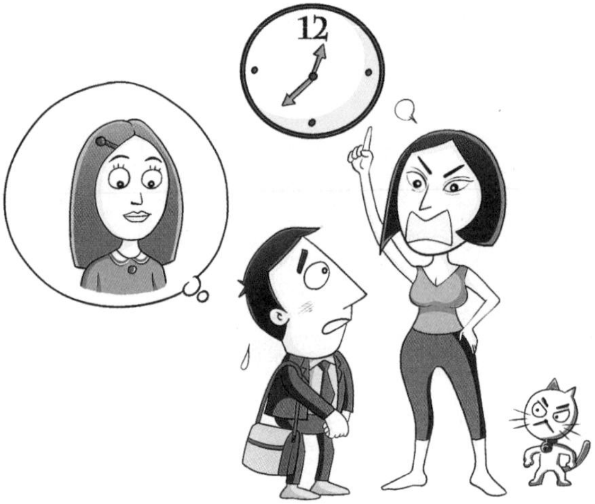
12

고양이와 여자

고양이가 하악질을 한다.

이유는 알 수 없다.

배가 고프거나 어딘가 불편하거나 영역싸움에서 지고 화풀이를 하는 건지도…….

이유는 알 수 없다.

고양이가 애교를 떤다.

이유는 알 수 없다.

밥을 줘서 고맙다거나 영역싸움에서 이겨 기분이 좋다거나…….

이유는 알 수 없다.

좋아하는 척 하지만, 좋아하는 것이 아닐 수도
좋아하지 않는 척 하지만, 좋아하는 것일 수도
고양이와 여자의 마음은 영원히 알 수 없다.

화장과 여자

10대에는 화장할 수 없기에 거울만 종일 들여다본다.
20대에는 화장할 줄 모르기에 한 시간씩 걸린다.
30대에는 화장할 시간이 없어 30분으로 단축시킨다.
40대에는 화장할 이유가 줄어든다.

50대에는 화장하면 어색하다.
60대에는 화장하나 안 하나 비슷하다.
70대에는 다시 화장하고 싶어진다.
80대 노모가 예쁘게 화장을 하고 있다.

선술집과 남자들 (1)

1. 새로 온 손님이 눈치 술을 마신다.
   아내가 만삭인 남자는 외롭다.
   하지만 일찍 들어간다.

2. 가끔 오는 손님이 한잔을 권한다.
   아이가 있는 남자는 외롭다.
   하지만 자주 오진 않는다.

3. 자주 오는 손님이 늘 마시던 술을 주문한다.
   기러기 아빠는 외롭다.
   그래서 술을 좋아한다.

4. 매일 오는 손님이 알아서 술을 꺼내 마신다.
   이혼한 남자는 외롭다.
   하지만 다시 결혼은 하지 않겠다고 한다.

5. 노총각 손님이 혼자 왔다.
   친구들이 모두 바쁘다 해서 혼자란다.
   그리고 술을 혼자 마신다.

남자들은 고개를 숙인 채 외로움을 달래고,
흘러나오는 노랫소리가 술 한 잔을 걸친다.

선술집과 남자들 (2)

"이보시게, 왜 그리 취하고 싶은 겐가?"

"……"

"이보시게, 왜 그리 고민스러운 얼굴을 하고 있는 겐가?"

"……"

"이보시게, 왜 그리 한숨을 쉬는 겐가?"

"……"

"이봐! 술이나 드시게."

Chapter

4

더불어

1

사
람
과

나를 보아주세요!

핸드폰만 들여다보지 말고
TV만 보지 말고
나를 보아주세요.

깨끗하지 않은 거울이라도 좋아요.
맑지 않은 물이라도 좋아요.
유리조각이라도 좋아요.
뚱뚱해 보인다, 키가 작아 보인다, 못생겨 보인다,
불평하지 않을게요.

나를 보아주면

나도 당신을 보아줄게요.

굴절되지 않은 마음으로 당신 그대로를 보아줄게요.

먼지 낀 거울이라고, 구정물이라고, 깨진 유리조각
이라고

불만하지 않을게요.

나를 보아주세요.

독특한 당신

"넌 참 독특해."
넌 달라(You are different.) 라는 뜻입니까?
다르다고 생각한다면 왜 저와 함께 있는 거죠?
제가 생각하기엔,
저와 함께 있는 당신이 독특해 보입니다.

넌 특별해(You are special.) 라는 뜻입니까?
특별하다고 생각한다면,
특별한 저와 함께 있는 당신, 저에게도 당신이 특별
합니다.

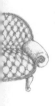

친구 사귀기

"언제 봤다고 저를 보고 웃으십니까?"
"또 언제 본다고……. 우리 친구할래요?"

노크

똑똑똑!
누군가 노크를 한다.
"거기 누구 있어요?"
나는 기다렸다는 듯 대답한다.
"나 여기 있어요."

똑똑똑!
내가 노크를 한다.
"거기 누구 있어요?"
누군가 기다렸다는 듯 대답한다.
"나 여기 있어요."

똑똑똑!

"나 오늘 힘들었어요······."

누군가 대답한다.

"나도 오늘 힘들었어요······."

평범한 사람, 예민한 사람

나는 남이 나와 같지 않으면,
남은 예민한 사람, 나는 평범한 사람이라 한다.

남도 내가 남과 같지 않으면,
나를 예민한 사람, 남은 평범한 사람이라 한다.

　세상 모든 사람들은 본인은 평범하고, 세상 모든 다
른 사람들이 예민하다고 한다.
　자기 자신만이 예민한 세상에 사는 유일한 평범한
사람이라고.

세상 모든 예민한 사람들이 평범한 세상에 살고 있
는 셈이다.

나의 통점에 대한 진실

"나 아파. 너무 아파……."
"그건 네가 예민해서 그런 거야."

"나 힘들어……."
"그건 네가 참을성이 없어 그런 거야."

"나 외로워……."
"누구나 외로워."

"난 외롭지도 힘들지도 않아."

"감정이 메말랐구나."

"아니. 나의 통점이 고장났나 봐."

공황장애

"나 우울증이야."
"난 스트레스로 탈모가 왔어."

"난 안 되나 봐."
"그거 트라우마야. 너 문제 있다."

"나 공황장애 있어."
"나도."

스트레스의 원인이 무엇일까?

친구와의 불평등 조약

결혼 안 한 친구는 결혼한 친구에게 밤 10시에 전화할 수 없다.

결혼한 친구는 결혼 안 한 친구에게 밤 10시에 전화할 수 있다.

결혼 안 한 친구는 결혼한 친구와 아무 때나 약속을 잡을 수 없다.

결혼한 친구는 결혼 안 한 친구에게 어렵게 시간 냈다며 생색낼 수 있다.

결혼한 친구와 저녁을 먹는다.

술도 한잔 마신다.

딱 한 잔만 마신다.

결혼한 친구는 결혼했다며 가버린다.

결혼 안 한 친구를 만난다.

결혼 안 한 친구는 결혼 안 했다며 밤새 술을 마신다.

친구들이 모두 결혼해버리면,

결혼 안 한 나는, 누구와 '두 잔째'를 건배할 것인가.

이웃과의 대화법

"안녕하세요?"
"네."
"어디 다녀오는 길인가 봐요?"
"아, 네. 좀 바빠서……."

"안녕하세요?"
"네."
"얼굴이 좋아졌는데요."
"아, 네. 좀 바빠서……."

"안녕하세요?"

"네."

"요새 많이 바쁘신가 봐요?"

"아, 네. 좀 바빠서……."

말을 좀 해봐

어려서는 말을 잘 못해도 어른이 알아듣는 척 해주지.
때론 엉뚱한 해석으로 곤란하게 만들기도 하지만
말이야.
"말이라도 빨리 배우고 알아들으면 좋으련만."

말을 배우고 생각의 힘이 생기면
이유 없이 짜증을 내거나 말이 없어져.
어른을 설득할 만큼 말을 잘하지 못하기 때문이야.
"말을 좀 해봐! 대체 무슨 생각을 하고 있는 거니."

말에는 존댓말이란 게 있어.

어른 말씀에 하나하나 대답하면 절대 안 돼.

"어린놈이 어딜 어른한테 말대답이야!"

어른이 되면, 어른은 노인이 돼.

그래서 노인한텐 말을 하면 안 돼.

어르신을 공경해야 하거든.

"무슨 할 말이라도 있는 게냐?"

행복의 기준

"난 행복해. 읽을 책이 있고,
생각할 시간이 있으면 충분하거든."

"책만 읽다보면 사람들과 멀어지고,
혼자 생각 하다보면 고립될 거야."

자기관리 box

자기관리 box가 잘 정돈된 사람은 빈 공간의 여유
가 많다.

하지만 남이 정리된 box를 건드리는 순간, 남도 정
리 대상이 된다.

자기관리 box가 잘 정돈되지 않은 사람은 남에게
내어줄 여유 공간이 많지 않다.

하지만 남과 함께 섞여 자신을 관리할 줄 안다.

나는 36.5도 포유류 '인간'이다

나는 36.5도 포유류 '인간'이다.
변하지 않는 체온처럼 변하지 않는 바람은
그저 36.5도의 또 다른 포유류 '인간'을 만나고 싶
을 뿐이다.

2

함
께

밥도, 똥도, 잠도 함께

"화장실 같이 갈래?"
"같이 밥 먹을래?"
"우리 같이 잘래?"

예로부터 양반은 겸상을 하지 않았다.
뒷간은 혼자 가는 곳이고,
안방마님은 안방에서 홀로 주무셨다.

화장실을 함께 가면 용변에 집중하기 어렵고,
밥을 함께 먹으면 밥맛을 음미하기 어렵고,
잠을 함께 자면 뒤척이는 소리에 잠들기 힘들다.

그럼에도 불구하고,

우리는 늘 함께이고 싶어 한다.

관계의 유통기한

신선한 재료일수록 유통기한은 짧다.

유통기한이 지난 음식은 먹으면 탈이 난다.

신선한 재료도 햇빛에 말리거나 얼리면 오랜 기간
보관 가능하다.

하지만 다시 조리해야 한다.

처음부터 오래두고 먹을 양으로 담그는 김치, 젓갈,
장들은

적당히 따뜻하고 아늑한 항아리에 보관한다.

오랜 기다림과 정성으로 그들은 맛있게 익어가는
것이다.

우리 속, 우리

같은 옷을 입고, 같은 책가방을 메고,
같은 실내화를 신고 교실에 앉아,
네! 네! 네!
"자냐?"
"아니요!"
그렇게 십 수 년을 교육받고,
똑같은 시간에 똑같은 차를 타고 일을 하러 간다.

똑같음에 길들여진 우리는,
똑같이 사는 삶이 일반적이고 옳은 길이라고 서로
를 격려하며,

새로운 것을 똑같이 공유하기까지 그것을 '유행'이
라 부르며,
　　우리는 우리를 짓고 우리 속에서 우리로 살고 있다.

　　'스마트폰'에서 서로를 ㄱ검색, ㅂ검색으로 찾아
호출하며…….

　　예전 아주 오래전엔,
　　서로의 번호를 외운 적이 있었다.
　　그것도 일곱 자리 숫자를.
　　나에게 그 누군가 의미 있는 사람이란 뜻이었다.

　　5673번 삐삐 치신 분!
　　이 순간, 우리는 우리가 아닌, 나였을 것이다.
　　그 누군가의 의미 있는 나.

친절

친절은 약함이 아니다.
베푸는 친절을 마땅함으로 여기는 순간,
친절은 친절이 아닌 모욕으로 돌아올 수 있다.

남자가 여자에게 베푸는 친절은 작업 거는 것으로,
여자가 남자에게 베푸는 친절은 쉬운 여자로 비춰
질 수 있다.

외국인에게 베푸는 친절은 아무리 과해도 부족함이
없다 하고,
같은 한국인끼리 베푸는 친절은 우습게 보는 계기
가 되기도 한다.

누가 누가 더 빨리

15분 안에 음식 만들기, 40분 안에 음악 프로듀싱 끝내기,

수수께끼 빨리 풀고 방에서 탈출하기…….

주어진 시간 안에 누가 더 많은 문제를 푸는가 하는 교육을 받고,

늘 집중과 스피드를 요하는 사회에 살고 있는 우리.

죽음에 대해서도 '누가 누가 더 빨리' 경쟁이 생겨 날지도…….

'100년 안에 누가 더 빨리 죽나'라고 하는.

착한 마음

세상엔 예쁜 것은 존재하지 않아.
예쁘게 보는 마음이 있는 거지.

세상에 착한 사람은 없어.
착하게 바라보는 마음이 있는 거지.

착한 사람 되기

왜 남들이 착하다고 하는지 모르겠다고?
남들이 착하다고 하면,
"다 덕분입니다."라고 해봐.
그럼 모두 착한 사람이 되는 거야.

왜 남들이 나쁘다고 하는지 모르겠다고?
남들이 나쁘다고 하면,
"죄송합니다. 다 제 잘못입니다."라고 해봐.
그럼 남도,
"아닙니다. 제 잘못입니다."라고 할 거야.

슈퍼 갑질

갑은 을이 만드는 기준이다.
을의 기준에서 갑은 갑이 된다.

갑은 절대 갑이라 하지 않는다.
갑의 기준에서 갑은 갑이 아니기에 갑이라 하지 않
는다.
하지만 을이라 하지도 않는다.

갑은,
절대 갑질을 하지 않는다.
갑은 갑이기에 갑질이라 하지 않는다.

을은 갑이 되려 하기에

을은 절대로 갑에게 갑이 될 수 없다.

갑의 기준에선 갑이 없다.

갑은 갑이네 을이네 하지 않는다.

갑은 을이라고 하는 을에게 배려와 존중을 표한다.

배려와 존중은 오로지 갑만이 누리는 특권이기 때
문이다.

배려와 존중을 아는 당신이 바로, 갑중의 갑, '슈퍼
갑'이다.

3

같은 세상
다른 생각으로

개천에서 용난다?

개천의 용은……
개천물을 몽땅 마셔버렸거나,
개천에 살고 있는 물고기를 모두 먹어버렸을 거야.

개천의 용은 이기적이고,
주위를 살피지도 못했을 거야.

나와 똥돼지

나는 먹고 똥을 싼다.
내가 싼 똥을 우리 집 똥돼지가 먹는다.
나는 우리 집 똥돼지를 잡아먹기 위해 똥을 싼다.

어느 날 먹을 것이 없어 똥을 못 싼 내게 똥돼지가
큰소리를 쳤다.
"나를 잡아먹으려면 똥을 싸야 할 거 아냐!"
"빌어먹어서라도 먹고 똥을 싸야 나를 잡아먹지."

내가 똥돼지를 잡아먹으려는 것인지,
똥돼지가 나를 잡아먹으려는 것인지…….

누구 편을 들어야 하는지

작은 단풍나무에 어느 날 새둥지가 틀어졌다.
참새 두 마리가 번갈아 알을 품는다.

길고양이가 먹을 것을 찾아 헤매 다닌다.
녀석은 음식 쓰레기를 입에 물고 새끼 고양이에게
로 간다.

둥지에서 새끼 참새들이 고개를 빼고 울어댄다.
길고양이가 나무에 오르려 하자,
먹이를 물고 온 어미 새와 한판 싸움이 붙었다.

참새 편을 들어야 할지,
고양이 편을 들어야 할지…….

택시 잡기

택시가 횡단보도 앞에 섰다.
택시를 돌아 길을 건넜다.
"저 저런 몰상식한!"

택시가 안 잡힌다.
길 건너편에서 빈 택시가 여러 대 지나간다.

횡단보도 앞에 섰다.
고맙게도 빈 택시가 때마침 내 앞에 섰다.
신호등에 파란불이 켜졌다.
사람들이 택시를 돌아 길을 건넌다.

"저 저런 몰상식한!"

길고양이와 집고양이

길고양이는 온종일 창밖에서 울어대며 밥 동냥을 한다.

집고양이는 온종일 창가에 앉아 창밖을 내다본다.

길고양이가 집고양이에게 말한다.

"좋겠다, 넌 늘 따뜻한 곳에서 맛있는 음식을 맘껏 먹을 수 있어서……."

집고양이가 길고양이에게 말한다.

"좋겠다, 넌 늘 자유로이 세상구경을 할 수 있어서……."

엄마 말 안 들을래?

엄마는 당최 알아듣지 못하는 말을 자주한다.
혹은 들어줄 수 없는 요구를 하거나.

"너, 그렇게 엄마 말 안 들을래?"
'엄만 대체 무슨 말을 하는 걸까……'

동상이몽

"나야 나, 혁재, 정혁재."

"아, 그래. 너 혁재구나."

"우리 초등 1학년 짝꿍 시절, 책상 금 그어놓고 넘어왔다고 날 때리던…….."

"내 내가? 그랬어? 네가 나 쳐서 코피 터진 기억은 나는데 말이야."

Chapter

5

그냥 혼자 사는 여자

엄규니

아가씨도 아줌마도 아닌 나

오래전 아줌마가 된 친구에게서 전화가 왔다.

"어머, 얘, 오랜만이다. 결혼하면 자유롭지가 못해. 남편 챙기랴, 애들 뒤치다꺼리하랴……. 네가 부럽다, 얘. 넌 시집가지 마라!"

'내 나이 마흔 중반……, 시집가지 말란다.'

나는 아가씨도, 아줌마도 아닌, 그냥 혼자 사는 여자다.

벌레시체

나른한 일요일 오후,

미루어 왔던 신발장 정리를 하기로 했다.

내 자존심만큼이나 높은 굽들이 닳아 있다.

구둣방에 들고 갈 신발을 골라 비닐 주머니에 담아 놓고,

내친김에 대청소를 시작했다.

집 안 구석구석 쌓인 먼지를 털었다.

가구 틈새 먼지는 총채로 쑤셔가며 끌어냈다.

바퀴 달린 TV 진열대를 돌렸다.

'앗, 벌레시체다!'

가을이면 어김없이 출현하는 귀뚜라미들과 사투를
벌이곤 하는데,

아마도 그때 치우지 못한 건가 보다.

아직도 나를 당혹스럽게 하는 귀뚜라미의 출현은
거의 전쟁을 방불케 한다.

일단 귀뚜라미를 노려본다.

그리고 살며시 빗겨지나 잽싸게 살충제를 들고 와선,

바닥이 흥건해지도록 무차별 난사를 가한다.

중요한 건, 오만상을 찌푸리며 끝까지 귀뚜라미의
최후를 지켜봐야 하는 것이다.

시체는 비침이 없는 종이행주로 덮어둔 뒤, 아버지
의 방문을 기다려야 한다.

변기 뚫기

　발견된 시체는 하는 수 없이 진공청소기로 빨아들였다.

　청소가 끝나자, 운동이 되었던지 곧바로 몸에서 신호가 왔다.

　변비 해방인가 싶을 정도로 몸도 마음도 개운해져 변기 물을 내렸다.

　'앗, 물이 넘친다!'

　묵은 변 때문인지, 오래된 변기가 문제인지……, 머릿속이 노랗다.

비상시를 대비해서 구비해 놓은, 커다란 주사기처럼 생긴 '울트라 펑 피스톤 압축기'를 들고 펌프질을 했다.

쓱쓱 공기를 압축시키고, 쑥 잡아당길 때마다 튀는 오물로 온몸이 더럽혀졌다.

양팔에 통증이 느껴질 때쯤, 변기 속에서 쿨럭쿨럭 소리가 났다.

마지막 힘을 다해 공기를 쑥 밀어 넣었다가 압축기를 변기에서 쫙 떼어내니,

컬럭컬럭 펑! 한 시간 만에 화장실에서 해방되는 뿌듯한 순간이었다.

쓰레기 버리는 날

　양손 가득 쓰레기봉투를 들고 집 앞 쓰레기 분리수
거장으로 갔다.

　쓰레기봉투를 내려놓으려는 순간,

　"아줌마! 오늘 쓰레기 버리는 날 아니에요!"

　지나던 동네 아저씨가 못마땅하다는 듯 눈짓을 하
며 소리쳤다.

　'아뿔싸! 오늘은 일요일이다.'

　나는 아줌마다운 굵은 음성으로 목에 핏대를 올려 세
우며, "알았어요, 아저씨!" 쏘아대고는 돌아섰다.

잡초 뽑기

대문을 들어서는데 앞마당에 무성하게 자란 잡초들이 눈에 띄었다.

얼른 목장갑을 찾아 끼곤 무릎 높이만큼이나 올라온 잡초들을 두 손으로 쭉쭉 뽑아댔다.

손이 꽁꽁 얼어붙는 추운 겨울날, 마당에 쌓인 눈을 치우느라 종일 삽질을 해대야 하는 것에 비하면 이쯤은 식은 죽 먹기다.

장보기 (1)

깨끗해지는 마당만큼이나 뱃속도 비어갔다.
거뭇해진 목장갑을 벗어들어 툭툭 몸을 털고,
밥상을 차리러 부엌으로 들어갔다.

'앗, 냉장고 안이 텅 비었다!'

1인 가족이 집에서 밥을 직접 해 먹기 위해선 적어
도 일주일에 한 번은 마트에 가야 한다.
특히, 제철 과일과 싱싱한 채소를 사 오기라도 하면,
시들고 썩기 전에 이름 없는 요리법을 총동원해 처
리해 줘야 한다.

마트 안은 북적였다.

카트에 올라타거나 뛰어다니는 아이들과 잔소리를 연거푸 해대며 물건을 주워 담는 아줌마들 그리고 묵묵히 카트를 미는 남편들…….

1인 가족은 음식 재료를 너무 많이 사도 너무 적게 사도 돈이 많이 든다.

묶음으로 사면 싸게 살 순 있지만, 곧 버리는 것이 반 이상이 되므로 결코 싼 것이 아니다.

"싸요, 싸! 오늘만 특별히 반값 세일! 아이들이 좋아하는 동그랑땡입니다. 어머님, 어머님! 이것 좀 맛보시고 가세요."

'나더러 어머님이란다.'

"됐어요! 전 애들 없어요!"

장보기 (2)

마트에 온 김에 이것저것 담다 보니 내 카트도 꽤
무거워졌다.

나의 자존심 11cm 굽을 자랑하는 구두를 신은 탓인
지 카트운전이 힘겨웠다.

착 올라가지도, 그렇다고 축 처지지도 않은 엉덩이
를 비틀며 코너를 도는 순간,

"아악!"

짜증 섞인 날카로운 외마디 비명이 들렸다.

내 카트 앞바퀴가 앞서가던 아줌마의 뒤꿈치를 건
드렸다.

'나도 예전에 찢어봐서 알지만 정말 아플 것이 틀림 없다.'

"뭐야, 뭐, 자기 다쳤어? 괜찮아?"

'아뿔싸! 남편이 있다.'

"죄, 죄송합니다, 많이 다치셨어요?"

"아니, 이 아줌마가! 큰일 날 뻔했잖아요!"

남편의 째린 눈에서 레이저가 뿜어져 나온다.

"자기 진짜 괜찮아?"

호들갑을 떠는 남편에게 아줌마는 발을 쳐들어 보인다.

구둣방

십 년째 단골인 구둣방에 들렀다.

"아가씨, 오랜만에 왔네!"

"아, 네, 아저씨. 굽 좀 갈아 주세요……. 잘 부탁드려요, 아저씨."

할아버지 나이쯤 되어 보이는 아저씨에게 입가를 올리며 아가씨다운 상냥한 어조로 대답했다.

전구 갈기

어둑어둑해진 저녁이 돼서야 집으로 돌아와,

세 번에 걸쳐 무거운 짐을 나르고 나니 밥상을 차릴
기운도 없다.

하는 수 없이 핸드폰에 저장된 '도시락 배달' 단축
버튼을 눌렀다.

도시락은 1인분도 배달 가능하다.

밥 한 숟가락을 입에 넣으려는 찰나,

껌벅껌벅 퍽! 눈앞이 깜깜해졌다.

'아……, 전구가 나갔다!'

의자 위에 올라갔다.

형광등은 삐걱대며 잘 빠지지 않았다. 하지만 겁나
진 않았다.

찌이익. 마찰 소리를 내며 새 등이 소켓에 잘 꽂아
졌다.

전구 하나만 나간 것이 다행이다.

지난여름, 밤새 장대비가 무섭게 퍼부어대던 어느
날 밤의 일이었다.

번쩍! 번쩍! 줄번개가 치더니 대포 소리 같은 우레
가 하늘을 뒤흔들었다.

퍽……! 모든 전기가 일순간에 나가고, 남은 건 어
둠뿐이었다.

캄캄한 세상엔 아무도 없었다.

손을 뻗어 핸드폰을 찾아 쥐고는, 잠시 고민에 빠졌다.

꼭두새벽에 부모님을 깨울 수도 없고, 헤어진 지 오래된 옛 남자친구에게 전화할 수도 없는 노릇이고…….

한국 전기공사로 전화했다.

두꺼비집이 생소한 내게 상담직원이 한숨을 내쉬며 '긴급 24시 출동'을 연결해 주었다.

새벽 4시, 기사들이 어이없는 표정으로 '전원 스위치'라는 걸 올려주고 나서야 어둠에서 탈출할 수 있었다.

나는 다시 자리에 앉아 도시락을 깔끔히 비웠다.

그냥 혼자 사는 여자

사람들은 나를 아가씨라고 부르기도, 아줌마라고 부르기도 한다.

아가씨처럼 웃지만, 아줌마처럼 수다를 떨고,

아가씨처럼 힐을 신지만, 아줌마처럼 잡초를 뽑고,

아가씨처럼 벌레를 잡을 순 없지만, 아줌마처럼 막힌 변기를 뚫고,

전구를 갈고 배달 도시락을 먹는다.

사실 나는 아가씨도, 아줌마도 아니다.

나는 그냥 혼자 사는 여자다.